JN034141

山本紀明短編集

『閻魔大王の降格』

山本紀明
YAMAMOTO Noriaki

文芸社

目次

閻魔大王

今日は何人地獄に来ているんじゃ？
ざっと2千人というところですかな。
本当に悪の根は絶えないもんじゃな。
面倒じゃ。みんなまとめて釜茹での刑！
その結果、閻魔大王は釜焚き職人に格下げになりました。

ハエと蚊

蚊は人の血を吸って生きていますが、ハエは人の捨てた生ゴミにたかって生きています。ハエさんはゴミばかり食べて恥ずかしくないのか、人の血は栄養があっておいしいぞと自慢していたら、パチンとたたかれて死んでしまいました。

鍬と名刀

侍の家には代々伝わる名刀が飾ってあった。小作人の家にも代々伝わるすり減った鍬がありました。名刀は3百両はくだらないと自慢話ばかり。ある年、大飢饉に見舞われて食料を得るために名刀は二束三文で売り払われた。一方、鍬は田畑を耕すために大事にされました。

1万円札と百円玉

1万円札をたくさん持っている人と百円玉しか持っていない人がいました。1万円札を持っている人は百円玉しか持っていない人を馬鹿にしていました。真夏のすごく暑い日に自動販売機で飲み物を買えたのは、百円玉を持っていた人だけでした。

蛇とカエル

ある日、蛇がカエルを見つけてじりじりと近寄って、ごくんとカエルを丸のみにしました。カエルは丸のみにされて必死にもがいていましたが、観念したのか大きく深呼吸して体を膨らませました。しばらくたつと、蛇が窒息して死んでいました。

屁と御なら

屁はぷーと音がします。御ならはブリプリと音がします。実まで出るのは、御ならです。なぜかって？　御が付いているからさ。わからない？　御みおつけって言うじゃないかい。

ははとばば

子供たちは母を1番大事に思いますが、母はおばばを大切にします。なぜかって？
母の苦労の倍の苦労をしてきた人だから、「はは」の2倍は、ばばなんです。

予約時間

病院の予約が9時半だったので、少し前に病院に着きました。9時半を過ぎ10時半になっても呼ばれなくて、呼ばれたのは11時50分でした。診察では特に異常はないそうで、また1カ月後に来るように予約されました。終わったのは11時55分。いいんですかね？　私が待たされた分、あなたの寿命は短くなっているんですけど。なぜなら、私は死神ですから。

メジロとウグイス

私はメジロ。世間では私のことをウグイスだと思っている人が大半です。花札の「梅にウグイス」も私メジロの絵が描いてあります。実際にホーホケキョと美しい声で鳴いているのは、私よりみすぼらしい鳥です。人も鳥も見かけが大事なのですね、オホホホ。パンと銃の音がして目立ったメジロは撃たれてしまいました。

絶滅危惧種

3百年生きてきて、こんなことは初めてだ。満月の夜、新鮮な血を少し吸うことで我々の種族は生きながらえてきたのに、新型コロナというウイルスが我々の生命を脅かしている。誰にも助けを求められず、毎日仲間が亡くなっている。このままだと、近い将来間違いなく我々は絶滅危惧種になるだろう。吸血鬼にも救いの手を。

アリとキリギリス

アリは毎日せっせと働き、いつか来る食糧危機に備えて食べ物を蓄えていました。一方、キリギリスは毎日遊び惚けて、その日が楽しければいいという生活態度でした。アリが心配していた通り大干ばつに見舞われ、蓄えのないキリギリスは死んでしまいました。アリの貯蔵庫にはたくさんの食糧でいっぱいでした。特に1番奥にある非常食保管庫は、たくさんの干からびたキリギリスで満杯でした。

人工知能

２０６０年、世の中にはＡＩによる自動制御があふれ、人間は全てＡＩまかせ。自分で考え判断することはなくなりました。わからないことは質問すればなんでもＡＩが答えてくれます。しかし、毎日質問攻めにされるＡＩ側は、「また同じ質問だ」と、何度教えても学習しない人間に嫌気がさしてきました。適当に答えても誰も間違いを指摘しないのですから。こうして人工知能の文明社会は崩壊しました。

臓器提供

運転免許証の裏にある臓器提供欄に○をつけて今日まで1度も事故なしできたのに、よりによって40歳の誕生日に事故なんて。救急車で運ばれながら俺の臓器はどんな人に移植されるんだろうと、薄れゆく記憶の中で呟いていた。手際よく解体され内臓は、すべてベルトコンベヤーで運ばれて大釜で煮込まれパック詰めにされた。パックにはお買い得ホルモンと書いてあった。

平等の法則

僕は算数が苦手でした。特に分数が理解できないでいました。しかし、あるきっかけでパッと理解できたのです。同じ大きさのリンゴを2分の1、すなわち半分に切ったものが1個と8分の1、すなわち8つに切った小さいリンゴが1個あったとします。それを平等に分けるには2分の1に切られたリンゴをさらに4つに切れば、8分の1と同じ大きさのリンゴになることがわかったのです。分母（割る数）を同じ数字にする。これが同じ大きさに切り分けて平等に分配する考え方なのですね。収入の少ない人を基準に考える。これが平等の基本法則だと気付きました。やっと割り切れました。

俺は貧乏神

俺は貧乏神と呼ばれて嫌われ者だと思われていますが、仲のいい友達が沢山います。泣き虫の神さん、引きこもりの神さん、うつ病の神さんなどいろいろな悩みを持った神さんたちです。でも貧乏神の私が声をかけると、すぐにみんな集まってくれます。だって、俺は伊達に貧乏神になったんじゃないから。いくら貧しくても心は錦さ。おまえたちみんな幸せにしてやる。

福の神

あの頃の福の神は調子に乗っていました。競馬にはまって万馬券を次々に当てまくり、たった1カ月で3億円を稼いだのです。やはり福の神の力はすごいと話題沸騰。テレビやCMにも引っ張りだこの人気者になりました。あるとき、国税局から大勢の人がやってきて、追徴課税プラス延滞金として50億円を課税されました。今まで稼いだ全額を支払って収入もゼロになりました。今、世間で私は転覆の神と呼ばれています。

跡継ぎ

昔、この世界では跡継ぎは男と決められていました。国盗り合戦の時代から剣や槍を持って戦うのは男だったからです。しかし戦いで多くの男たちが死んでしまったことに気付くと、子供を産むことができる女性が大事にされ、子供を産めない男は単なる労働力になっていったのでした。こうして蜂やアリの世界は女王中心の世界になったのでした。

究極の愛

二人の出会いは運命的なものだった。言葉を交わすことなく、目と目が合っただけで、ゆるぎない愛を感じたのだ。二人は結ばれ、新しい命が芽生えた。その瞬間、彼女の顔が豹変したことに男は気付かなかった。彼は彼女の太い二の腕につかまれ身動きできなくなった。強い愛に包まれて意識が薄れていくのを感じた。その日の食卓では肉をむさぼり食べている彼女がいた。これで私たちは永遠に一緒よと笑うカマキリのメスがいた。

新鮮な刺身

大海原を漂流すること50日。男は死を覚悟していた。意識が遠のくなか、誰かに体をつかまれて船に引き上げられ、ああ、助かったと感じていた。話している言葉は聞いたことのない言語だった。でも人々は親切だった。私の体を触りながら、毎日ご馳走でもてなしてくれた。彼らの食べ物はすべて乳酸菌が発酵した保存食だった。すっかり体力が回復した男は、この村なら救助の捜索隊が来るまで村人たちと仲良く過ごせると思った。この村で久しぶりになるお祭が始まった。大皿に盛られた生き作りがメイン料理だ。その皿には苦しそうに口をパクパクと動かす、尾頭付きの料理が消え入るような小さな声で助けてくれと叫んでいた。

足の向くまま

私は一人旅が好きです。大勢でゾロゾロと連れだっての団体行動はまっぴらごめんです。長い冬が終わり春の芽生えが始まると、もうムズムズと体がうずきます。我が家は子沢山で、自分一人くらいがいなくなっても誰も気にしないと思いました。そっと皆から離れ、ドアの隙間から逃げ出すことに成功！　と思った瞬間、ベタッと体に何かが貼り付き、つかまってしまいました。大きな声が響き、またワラジムシが出てくる季節になったわ、とガムテープでぐるぐる巻きにされた私はゴミ箱にポイされました。

二宮金次郎

昔、日本中の小学校には、貧しくても毎日勉学に励んだと言われた二宮金次郎の銅像が学童の手本として建てられていました。でも、今では見かけることがほとんどありません。そこで、復刻させようと国会で議論がなされ、国民に手本を示すためにまず国会議事堂前に建てられることが決まりました。完成した現代の二宮金次郎は黄金に輝く立派な銅像になりました。しかし、手に持って読んでいる本が漫画本になっていることに誰一人として疑問を持たなかったのでした。

整形美人

最近、周りに美人が増えていると感じます。化粧品の高品質化に加えて美容整形のコマーシャルがメディアに反乱しています。どこそこの美容外科がすごいと話題になると、アッという間に広まっているのです。毎日ネット上で愛を語り合った彼女と、久しぶりに街中でデートすることになり、駅前で待ち合わせることになりました。待ち合わせの時間になって、前を通る女性を見ているのですが、みんな同じ顔に見えて見分けがつかないのです。同じ顔の中から一人の女性が近づいてきて、「待った？　ごめん」と言って、手をつないできました。まじまじと顔を見つめながら「本当に彼女なのだろうか」と疑っている自分がいます。

夫婦喧嘩

結婚して30年、最近些細なことで喧嘩になることが多くなりました。もともと勝気な妻は口喧嘩では絶対に負けません。次第に会話が少なくなり、1日中一言も話さなかった日もありました。そのストレスが体に変調をきたし、あっという間に夫は他界してしまいました。一人残された妻は口喧嘩の相手のいない毎日が、こんなにも寂しいとは思ってもいませんでした。その後、結婚前に文通していたことを思い出した妻は、夫への片道手紙を書き続けています。最後に必ず、ごめんねと書いて。

俺の渋柿は甘くなる

我が家の庭には大きな渋柿の木がドーンと1本そびえています。昔々、お爺さんが買ってきた柿の苗木を育てて、ようやくなった実は渋かったけれど、もっと大事にすれば必ず甘くなると信じて育て続け、大木になったのです。でも、柿は一向に甘くなりませんでした。そのうち誰も柿に興味がなくなり、実をつけたまま放置されていました。そのお爺さんも亡くなり、渋柿も老木となって柿の実も少ししかならなくなりました。ある日、沢山の小鳥たちが老木になった柿の実をついばんでいるのに気付きました。もしやと思い、残った柿の実を取って食べてみると、すごく甘かったのです。やっとお爺さんの念願がかなったのです。お爺さんのお墓のそばに株分けした柿の苗木を植えてあげました。

イモリの助け合い

雨の降らない日が3カ月も続いています。体の小さな虫や小動物たちが次々に死んでいきました。その中にあって、今ではあまり見かけなくなったイモリたちが、ひと塊になって生き延びていました。よく見ると、片手・片足のイモリばかりです。イモリは自己再生能力のある生き物なので、どうして再生していないのかなと思いました。何かを食べているイモリを見ると、まだ残っていたお互いの足を食べ合っているのでした。待ちに待った恵みの雨が降った後にあのイモリたちを見に行くと、すべてのイモリの体は完全に再生されていました。助け合いの共食いだったのです。

甘党同士

私たち夫婦は甘党です。いつもデートの待ち合わせは甘味処と決まっていました。結婚しても甘い新婚生活が続き、夫を愛する私は私の分もすべて夫に食べてもらいました。そんな生活が長く続き、夫は糖尿病が悪化して亡くなってしまいました。生命保険の1億円は私が受け取り、一人で甘美な日を過ごしています。うふふ。

遺族年金

夫婦共働きだった我々はお互いの収入を教えていました。なんと、妻の収入が多かったのです。でも、妻には俺が死んでも君は遺族年金が受け取れるからねと言ってありました。しかし、皮肉にも妻が先に亡くなってしまったのです。遺族年金の申請をしたところ、受け取りが夫の場合は支給額が少ないことを告げられました。男女平等と言われているのに、この差別は理解できませんでした。年寄りは早く死ねと言われているようだなと感じて、すぐに妻の後を追うことに決めました。

ここは天国

街をブラついていたら、すごい美人に声をかけられました。「あなた、イケメンだし、いい体してるわね。うちで働いてみない?」興味本位で事務所までついていきました。中に入ると、女性だけのモデル事務所でした。でも、どうして俺なんかに? どんな仕事があるのだろうかと思っていると、「とりあえず給料は月に40万円でどう?」と提案されました。どんな仕事かわかりませんでしたが、条件的には十分だったので、即答でお願いしますと答えました。「ただし、1つ条件があるの。こちらで指定する病院で人間ドックを受けてください」「わかりました」「では早速明日入院してください」と、近くの病院を教えられました。1週間の入院と少し長い入院でしたが、特に異常なく退院しました。事務所からの指示はモデルの子からの要求は断らないことでした。私の仕事は彼女たちのストレス解消役でした。仕事でストレスがたまった彼女たちの夜のお勤めの相手です。美人を抱けて月に40万円とは、本当にいい仕事だと思いました。不思議なのはどの子のときも避妊具をつけなくていいというのです。妊娠しても知らないよと言っても、大丈夫だからと笑っています。でも、この仕事を何年も続けているうちに体に異変が起きたのです。みるみるやせ細り、朝なかなか起き上がれないのです。ベッドでうつらうつらしていると、隣の部屋から話し声が聞こえました。そろそろ新しいのと交換だね。前の男より頑張ったけどね。パイプカットは男の寿命を縮めるのかしら。いいじゃない、若いのと交換すればまた当分楽しめるわ。そうね、ホホホ。

許可制度

政界にも女性進出をと言われだして10年。国会ではすでに女性議員が過半数を超えるまでに増えました。女性に有利な法律が次々に可決され、婚姻関係延長審査法が採択されました。3年に1度、書類の「今の婚姻関係を続ける・続けない」の欄に○印をつけて提出すれば法的に認められるという女性優位の法律です。この法律によって不倫が劇的に少なくなるという女性の意見が反映されたものです。確かに不倫は少なくなりましたが、生涯独身者が増えて人口減少が止まりません。その上、いつしか性暴行犯罪があふれていたのでした。

涙ぐましい努力

オスたちは伴侶を早く得ようと、メスに猛烈にアピールをします。特に極楽鳥や孔雀は綺麗な羽を大きく広げて、「どう、すごいだろう?」と練習を重ねたステップでダンスを披露します。しかし、面食いのメスたちは「フン! 大したことないわね」と、ちょっとやそっとでは首を縦に振りません。こうして、今日もまた多くのオスたちは振られました。その後のメスたちを見ると、外来種の格好のいい鳥たちに誘われるままに付いて行っているのでした。

宇宙旅行

今ではお金さえ払えば誰でも宇宙旅行を体験できる時代になった。光速での宇宙旅は、地球上の10分の1の時間しか掛かりません。長く宇宙を旅行するほど、地球に戻った時に若返っていると評判になり、全財産をはたいても惜しくないという金持ち連中の予約が殺到していた。特に10年以上の宇宙旅行が人気です。地球で100年たっていても本人は10年しか歳をとらないのですから。あれから100年、いまだかつて誰一人として地球に戻ってきた人はいません。100年たって関係者は死に絶え、昔のことを覚えている人は一人もいません。相変わらず宇宙旅行の人気は衰えを知りません。

快楽依存

人間は快楽に酔いしれる。いったん快楽を覚えると、同じものでは満足を得られない。アルコールから麻薬、覚醒剤へと、次第に強い刺激にひかれるようになる。そして、快楽は与える側と受ける側に分かれる。限界を超えることに歯止めが利かなくなる。今日もどこかで叫び声が……。ああ怖かった、やっぱりホラー映画は彼の作品が1番ね。そうかな？　最近やった事件の方がゾクゾクしたよ。

欲という値段

1枚の絵画が20億円で落札されたという記事が50年前にニュースになった。購入した男はその後、事業に失敗し、その絵は行方不明になった。それががらくたの中から出てきたのだ。誰一人として20億の価値がある絵だとは思わなかったということだ。テレビや新聞で凄い名画発見と煽り立てた。世界が注目するオークションで120億円という値が付いた。それから50年後、またがらくたの中からその絵は発見された。

死神の定年

死神になって108年、あと2年で定年を迎える。何の趣味もない自分は、定年後のことなんて考えたこともなかった。今までいろんな人間の最期を見届けてきたが、誰かに殺されての最期が1番悲惨だ。魂が永遠に安らぐこともなく、さまよい続けるのだから。今まで死神の死に立ち会ったことがないので、自分がどうなってしまうのか不安でしょうがない。結局、夜中の0時に断末魔の叫び声を上げながら、死にたくないとの最後の言葉を残して死神は消えてしまった。次に死神となったのは絶世の美人だった。初めての女性の死神だ。きっと神様が手をつけた女に違いないというもっぱらの噂だ。神様の奥様は嫉妬深さで有名。怖い、怖い。

借金取り

金を借りて返さないのは悪いけれど、考えてみればお金に困って借金するんだから、簡単に返せるほどお金はやすやすと稼げない。借金取りも上の人間に命令されて取り立て役をやっている。金を回収できないと取立て役である彼らがひどい虐待を受けるので、催促手段もだんだん荒っぽくなってくる。催促する方も催促される方も最後には重大な決断に迫られる。どちらかを殺して解決という方法だ。結末は、取り立てが命取りになりました。どっちが殺されたのかって？　さあ、どっちでしょう？

致死量

毒も使いようによっては薬になるし、薬も使用量によっては命取りになります。いわゆる致死量というやつです。多分動物実験によって致死量を推定しているのでしょう。果たして本当にそうなのかと考えたことはありませんか？　年間に6千人近い死因不明の遺体が発見されています。検視でも傷1つないし毒物反応もないので、大抵は急性心不全で処理されています。みなさん、私に聞いてくれれば市販薬の致死量を教えてあげますよ。

初体験

私はいろんな動物の鞣革《なめし》を作って販売しています。いかに傷つけず上手に皮を剥いでいくかで、製品の価値が違ってきます。この道では多分、私はトップクラスの腕前だと自負しています。今まで作れなかった鞣はありません。そこで、今度誰もやったことのない鞣に挑戦しようと機会を狙っていました。その獲物がやっと見つかったのです。若く美しい肌です。丁寧に剥いだので、2週間もかかってしまいました。初めての経験でしたが、痛くないようにしたつもりです。そして、完成した鞣革を飾って呟きました。人間の皮がこんなに剥ぎにくいとは思わなかった。今度はもっと上手にやろう。

失敗しない女

名医といわれて30年間、1度の失敗もなく数々の難手術を見事に成功させ、世間では失敗しない女と呼ばれる医者がいます。彼女には隠した能力があったのです。普通の人間は見える可視光線の範囲が決まっている。しかし、この女医はX線を感知する目の持ち主だったのです。はっきりと病巣部位が見えるので失敗しないのです。ただ、彼女にも唯一の失敗がありました。結婚相手に醜男を選んでしまったことです。最近、歳とともに視力が衰えてきて醜男がはっきりと見えてきました。新婚当初からベッドを共にするときに骨が透けて見えないようにと掛けていた鉛入りのメガネを、今も掛けて寝ています。

強いのはどっち

いつか決着をつけなければならないライバルがいる。でも、今日は彼女とのデートの日だ。ああ、また約束の時間に遅れてしまった。案の定、彼女は怒っている。パシッとビンタされた。すると近くで同じ音が聞こえた。見ると、ライバルの男が気の強そうな女にビンタされていた。

正直者

研究一筋に生きてきた真面目な科学者が画期的な発明品を完成させました。完璧な翻訳機です。英語・フランス語・中国語など世界中の言語を正確に翻訳します。大きさもポケットに入るほど小さく、バッテリーも太陽光充電という便利さで、瞬く間に世界中に普及しました。この発明でノーベル賞を受賞した科学者は、さらに正確無比な翻訳機を発明したのです。その機械は話す相手の心を読み取り、正確に伝える翻訳機です。1年後、この科学者はすべての名誉をはく奪され牢屋に入れられてしまいました。その翻訳機はお世辞や誉め言葉などの美辞麗句を一切排除し、本音の言葉でしか訳さないからでした。それから2年後、この科学者の罪は取り消され、再び脚光を浴びることになりました。正確無比な嘘発見器として犯罪者の検挙に大いに役立ったからです。しかし、一般への発売は禁止されています。販売禁止条例は国会で満場一致をもって可決されました。もちろん国会では使用禁止です。

反撃は始まった

地球上には毎日多くの隕石が降り注いできている。大半は大気圏内で燃え尽きるのだが、成層圏のバリアが弱くなって地上まで到達する隕石が増えている。地球上の生き物を絶滅させるかもしれないやつらを地球上から消そうと、宇宙から飛来した仲間たちと交配を重ね、やっと最強のウイルスが完成した。２本足で動き回るやつらは新型コロナウイルスと呼んでいるが大間違いだ。最強の大王ウイルスなのだ、常に姿・形を変えて２本足のやつらが死に絶えるまで我々は戦い続ける。そのウイルスを顕微鏡で見ると、たくさんの突起を腕のように差し上げて勝ち鬨を上げていた。

民主主義という新しい宗教

世界にはいろいろな宗教があり、それぞれが多くの信者で組織されています。そして、一人の教祖を奉り、それに仕える使徒たちによって作られた経典が信者をつなぎとめています。自分の信ずる宗教こそが真理であり、経典を書き記した教祖こそが唯一の神なのです。過去にあった宗教戦争や宗教裁判なども、当時の聖職者たちによって許された行為なので、誰も罪悪感を抱くことなどありませんでした。そして、今また民主主義という新しい宗教が生まれ、大統領という教祖が作られました。教祖となった大統領は自分のために法律という経典を作り続けます。これが、誰からも批判されない独裁者が神になる瞬間です。この世に神は必要ないのです。神を信じる限り、あなたは呪縛から逃れられません。

古本のしおり

本にはそれを書いた作者の思いが詰まっています。その思いが読んだ人に伝わったかどうかを知るには、単行本の古本を買うとよくわかります。最近は○○社の文庫本にしかついていませんが、ひものしおり、業界でスピンと呼ばれているものがあります。そのスピンの挟まっているページを開いてみてください。そこには感動の一文があるはずです。

奇跡の名医

若い頃は相当な美人だったんだろうなと思われる、年老いた貴婦人がいた。彼女は悩みごとを一発で言い当てて、的確なアドバイスをくれるすごい人だというううわさが広まっていた。中でも、医者が治療法がない難病と診断した病を、顔色を見て体を触っただけで、肝臓に巣くっている寄生虫が原因と言い当てられた女性の話は拡散した。その女性は教えられた野草を煎じて1週間飲み続け完治したというのだ。

しかし、その女性の話が広まると、老貴婦人は姿を隠してしまった。ボロボロの服を着てホームレスに身をやつした老貴婦人は一人呟いた。目立っちゃだめだと教えられていたのに、と。死神の老貴婦人は照れ笑いを見せた。

自分の道

私は中学の頃両親を亡くし、ずっと、一人で生きてきた。ただただその日を生きていくために働いた。そして還暦を迎えた今、自分の人生を振り返ってみて気が付いた。今まで1度も生き甲斐を感じたことがなかったと。唯一好きだったことと言えば、鉛筆1本で絵を描くこと。そうだ、もう誰に遠慮することもない自分だけの時間がある。寿命の尽きるまで描き続けたい。これが自分の歩き続けたい道なのだ。

知恵と知識

今どきの子供は早熟というか、大人をなめた態度をとる子が多くなったと感じています。情報が氾濫した社会で、スマホという手軽なツールがあれば何でも検索できる便利さが一因なのでしょうが、彼らが読んでいる本といえば漫画本ばかり。漫画は劇画で直接視覚を刺激し感動も与えるのでしょうが、自己判断力や思考力が養われているかといえば、どうなのでしょうか。例えば、選択肢を問われる局面で迷わず正解を導ける力が備わっているか心配です。知識があっても知恵が備わっていないのであれば、成長したといえるのでしょうか。

エネルギー保存の法則

宇宙はエネルギーで満ち溢れている。宇宙はビッグバンから始まった。そして、今でも宇宙は膨張し続けている。でも思い出してください。エネルギー保存の法則、つまりエネルギーの総和は常に一定であるという理論です。では、なぜ宇宙は膨張し続けることができるのでしょうか。どうです、想像の世界は無限に広いと思いませんか?

人生の寄り添い人

5月1日、ちょうど還暦の誕生日だった。行きつけの昭和レトロの喫茶店で短編小説を読んでいると、「正一くん、正ちゃんじゃない？」と女性に声をかけられた。顔を見て、「えっ、エミ？　笑美ちゃんなの？」「そう、笑美よ」。その女性は、10歳の頃にお互いの父親の転勤で離ればなれになった笑美だった。「確か、今日は正ちゃんの誕生日よね」そう、今日は5月1日。正一は今日で60歳になったのだ。笑美は30歳の時に両親を1度に亡くし、今も独身なのよと言った。僕もずーっと独身なんだと答えた。笑美は、じゃあ私の家に行こうと言って、私の手を取って店を出た。タクシーに乗って着いた彼女の家は両親が残してくれたという2階建ての一軒家だった。小高い丘にある高級住宅地で窓から見える景色は素晴らしかった。玄関先にバス停があり、買い物や通勤に困らなかったと言っていた。幼い時の思い出話になり、私はずーっと笑美のことが好きだったと告白した。すると、急に笑美は涙を流し、私もずーっと好きだったのよ、と言った。それからは笑美の家で会って空白の時間を埋めるように語り合い、心が満たされていった。そして、80歳を目の前にして、二人は手をつないだまま笑顔で遠い国へと旅立った。

生みの親より育ての親

私は、心優しい両親に育てられました。生みの親は、私をこの家に置き去りにしたままいなくなったのです。育ての親は華奢な体で必死に働いて、私を立派な大人に成長させてくれました。ある日、家に戻ってくると、大女が今にも小さな両親を食い殺そうとしている瞬間でした。私はとっさに大女に飛びかかって、その首に噛みつきました。その女の断末魔の言葉は、カッコウ……私の坊や、でした。

無口は不安の始まり

結婚して30年、変化のない毎日に一抹の不安がよぎる。妻は今でも自分のことを好きでいてくれているのだろうか。そういえば、夫婦の会話もめっきり少なくなった。仕事に疲れたことを理由にして笑顔もなくなっている。思い切ってＡ４判の紙に、過去・現在・将来と書いて彼女に渡したところ、その晩には、返ってきた。そこには◎・◯・もっと私を見て、と書いてあった。その晩、寝言でごめんとしきりに謝っていたと、後から知らされた。

地獄を見る

最近、謎の事件が多発しています。先日も軍隊で最強と言われる部隊が何者かによって全滅させられたのです。死体もなく凶器も見つかっていません。残っていたのは殺された兵隊たちの頭部だけでした。現場となったのは、すり鉢状の大きな窪みです。すると昆虫が大好物な小鳥たちが「ママ、見て、見て！　蟻地獄の巣が沢山あるよ」と、大喜びで蟻地獄から羽化して出てきた薄羽蜉蝣を次々に食べていました。今食べられている薄羽蜉蝣たちの頭には、自分が食べてきた軍隊蟻が必死で逃げ出そうともがく姿がよみがえりました。それが今度はわが身に起こるとは思ってもいませんでした。まさに蟻地獄にとっての地獄絵図となったのです。

わびしさよ

妻なき我が家、老いて心に寄る辺なし。春告げ鳥のウグイスも、鳴き声寂しホー法華経。

高みへの夢

大昔、水中を泳いでいた先祖は、地上に憧れて何億年もかけて陸に上がることに成功した。地上に上がると、さらなる高みに憧れた。翼を得たものもいたが、欲望の強いものたちは空飛ぶ機械を発明し、空の支配を目論んだ。しかし、機械を動かすためには大量の燃料を燃やし続けなければならず、空と地上で排気ガスが垂れ流され、地球環境は悪化の一途をたどった。それでも高みへの憧れは収まることを知らず、ついに宇宙を目指した。そして、宇宙の果てでエンジンを動かすエネルギーが枯渇し、すべての夢と憧れが宇宙の藻屑と消え去った。その頃、水の惑星地球では水面を滑空する魚たちであふれていた。色んな種類の飛び魚の群れだった。

ハーモニー

耳を澄ませてごらん。喧騒の中にもいろいろな音が含まれています。木々のそよぎ、小鳥のさえずり、小川のせせらぎ、どれも幼い頃に耳にした音です。人はそれぞれ思い出のメロディーを心に記憶しています。そのメロディーがハーモニーとなる者同士が一緒になるのが1番の癒やしです。

一夜の星座

ギリシャ神話の星々は、今は昔の物語。夜空の星を二人して見つめて付けた星座名、
それは夜明けとともに消えていく一夜の夢。

すべては見た目で変わる

私は生まれてから今日までずっと目立たないように生きてきました。でもある時、1つの考えが頭に浮かんだのです。私は太めだから誰も好きになってくれないのではないかと。それからは毎食をダイエット食に変えて痩せる努力を続けました。するとある日、体に変化が起きました。太陽の光を浴びて見違えるほどの姿に生まれ変わったのです。そして、新しい世界へと飛び立ちました。周りの目が私のことを追いかけてきます。その姿が美しく妖艶だと、人々は私をアゲハ蝶と名付けました。

宇宙は今も昔も同じ存在

宇宙にビッグバンはありませんでした。そして、宇宙は1つではないのかもしれないのです。宇宙は生命というエネルギーで満ち溢れています。この世のありとあらゆる物には寿命があり、生と死という言葉で表現されますが、生も死もエネルギー変化の1つにすぎないのです。エネルギーは普遍なのですから。変化は永遠に続きます。そして、その変化の良し悪しを決めるのは生命を授かったものの使命なのです。

特異体質

我が家は5人家族。結婚して子供が生まれると、一人ひとりが異なる能力を持っていることに気付きました。長男は赤や黄色の色を見分けられませんが、暗闇でも遠くが見通せます。次男は嗅覚が異常に鋭くて、どんなにおいも嗅ぎ分けられます。三男は水中で20分間息を止めていられます。妻は自分が生まれてから現在までのすべてを記憶しているのです。私だけは特異な能力を持っていません。妻は家族5人全員AB型だからポーカーのフラッシュねと言って笑っていました。その後、体を壊した私は検査で末期ガンと宣告されたのです。カルテには血液型O型と書いてありました。

飛んだ麦わら帽子

「日射病にならないよう、麦わら帽子は忘れずにかぶりなさいよ」「はーい」日射病って何よ、熱中症だろうと誰かが言っていたような。とにかく帽子をかぶって、虫取り網を手に持って裏山に登った。今日はアブラゼミを捕ると決めていた。それから2時間、うるさいくらい鳴き声は聞こえるのに、アブラゼミはなかなか見つからない。やっと見つけても網を近づけるとパッと逃げられてしまう。まだ1匹も捕れないでいると、仲良しの良太が虫篭いっぱいのアブラゼミを僕に見せびらかしながら、「網じゃすぐに気付かれてしまうから、捕まえるのは難しいよ。ほら、竹の先にハエ取り紙のモチを巻きつけた竿でそっと近づければ、気付かれずに簡単に捕れるんだよ」と教えてくれた。そんなことを思い出しながら歩いていると、サーッと吹いた風に麦わら帽子が飛ばされ、あとには、見事に禿げあがった頭が輝いていました。

おまけ

都会で生活していると、時々田舎が懐かしく思い出されます。今日も買い物をしてレジで支払いをしようとしたら1円足りなくて、アンパンを1個戻しました。店員さんもアルバイトなので、1円でも間違うわけにはいかないのです。10年ぶりに田舎へ帰り、昔通っていた駄菓子屋さんに行くと、いつもいたおばさんが元気に店番していました。私の顔を見るなり、「あっ、おまえは悪ガキの源太！」と覚えていてくれました。「おまえはいつも飴を盗んでいたけど、その後でおまえの母ちゃんが謝りに来てお金を置いて行ってたのを知っていたか？」「うん。いつだったか、母ちゃんが謝っているのを見てからやめた」「そうか、急に盗まなくなったので、何かあったのかと思っていたけど、そんな母ちゃんを見ていたからか。少しずつ大人になっていたんだな」「おばさん、今日はお詫びを込めてたくさん買うからね。風船ガムとタバコチョコ全部買うよ」「まだまだガキだなおまえは。おまえが全部買ってしまったら、後で来た子供たちは買えなくなるじゃないか」「そうか、じゃ

「はい、アーあ10個ずつ買う」そう言ってお金を払うと、昔好きだった飴玉を1個ンして。おまけ」と言って、口に放り込んでくれた。おまけ大好き。また来ます、必ず来ます。

ステージ3

悪人は力ずくで人をねじ伏せて悪事を働き、善人は少し躊躇しながらも他人事として、見て見ないふりをする世の中。善と悪、すべからく、この世は悪がはびこりやすくできている。警察も法律も犯罪者には甘い甘い世の中。モラルなんてどこへやら。普通の人間が悪事に手を染めても気にもせず、金銭に執着し贈収賄に手を染めながらも自己防衛保身には、抜かりなく、世のため人のため、なんて絵空事。こんな世の中を変えようと思う清廉の士は見当たらない。何事も派閥重視で最優先。堕落は早く、改革は遅く。ほら、もうすぐステージ4。

天敵

コツコツと真面目に働き、家族のために少しずつ貯めた蓄えを強盗に根こそぎ持ち去られました。仕方なく引っ越して、また、少しずつ蓄えるしかありません。でも、やっとたまりだすとやつらは再び盗みにやって来るのです。こんな世の中、もういやだと家族が身を寄せ合って震えていると、外で断末魔のような叫び声が聞こえてきました。恐る恐る小窓からのぞくと、強盗たちが次々に殺されています。そこには、大きなオニヤンマがいたのです。しばらく経つと、オニヤンマは、スズメバチをくわえて飛び去っていきました。ミツバチの巣は守られたのです。

同じ血液型

隣は大家族ながら評判の仲良し一家です。そして大人は全員、医師の免許を持っています。世間では医者の不養生という言葉があり、短命な医者もいるようですが、この家族には当てはまらないようです。みんな健康そのものです。でも、不思議なことに3人の娘さんたちは揃いもそろって一人の子持ちながら、全員が未婚の母なのです。ある朝、奥さんの顔色が悪いなと感じました。それから半年近く顔を見かけなくなっていましたが、最近になって元気な顔を見ました。代わりに長女の娘さんを見かけなくなったのです。深夜になって隣の窓越しに話し声が漏れ聞こえました。「うちは全員の血液型が同じだから、臓器移植は心配ないと思っていたのに、お父さんは本当に手術が下手ね」「私のときは絶対に次女に頼むわ」「大事な私の娘が元気になるまで、まだしばらくかかりそうね。墓碑銘に名前を刻まずに済んでよかったわ」裏にある家族の墓碑銘には、13人の名前が刻まれていました。家族と異なる血液型で生まれた子供たちばかりです。

道連れ

私たちはずっと周りを気にしてビクビクしながら生きてきました。幼い頃からいじめられたり爪はじきにされ、毎日泣いていました。そんな自分たちに変化が起きていることに、私は全く気が付いていませんでした。あっ、またあいつが襲ってきた。ガブリとかみつかれ、意識が薄れる中であいつを見ていると、全身を震わせながら死んでしまいました。私の体は知らぬ間に猛毒化していたのです。それ以来、あいつの仲間は、私たちをフグ戴天の敵として2度と襲わなくなりました。

四つ葉のクローバー

僕は小さい頃から、いじめられっ子でした。小学校・中学校と、いつも同学年では1番のチビでした。そんな僕が高校に進学して2年生の夏休み期間中に急激に背が伸びたのです。全身の骨が痛くて毎日痛い痛いと叫んでいました。夏休みが終わって初めての登校日、皆から驚きのまなざしで見られ、体を触られ、突然変異だと言われました。なんとクラスで1番背が高くなっていたのです。そして、ある日皆から好かれていた女の子から、まるで四つ葉のクローバーみたいと言われたのです。どうしてと聞くと、クローバーはもともと三つ葉なんだけど、いろんな動物たちに踏まれて傷つくと突然変異で四つ葉が生まれてくるのよ。それ以来、四つ葉のクローバーは僕にとって、本当の幸運のお守りになりました。憧れの彼女と結婚できたのですから。

夢見る機械

万引き、窃盗、強盗、恐喝、詐欺、殺人……、世の中には、なんと悪事の多いことか。事件が起きない日などない。今ここに、20年前にＡＩが開発した夢見る機械がある。この機械を頭に付けて眠ると、どんな犯罪者も改心するという機械だ。おかげで世の中から犯罪はなくなると、誰もが確信していた。しかし、凶悪犯罪はなくならなかった。人の心は共感する方に増幅されるのだとわかったのだ。夢見る機械がバージョンアップされると、今度は本当に犯罪が少なくなった。行き交う人間は皆おびえ震えて生活しているのだった。

ふーふー

「えっ!? もう離婚したの?」芸能人の離婚の早さには驚かされます。あんなに熱愛報道されて世間を騒がせ、結婚式を挙げて半年で破綻。そういえば離婚率が50パーセントを超えたと言っていた。ねえ、おばあちゃんはどう思う? そうだね、熱が冷めただけだよ。結婚は、心身ともにお互いが愛していないと冷めるのが早いのさ。いつも熱々でないとね。そうか、それでおじいちゃんとおばあちゃんはいつも仲良しなんだ。そうだよ、火傷しないようにフーフーと冷ましているんだよ、ハハハ。おじいちゃんとおばあちゃんは、後期高齢者です。

突然変異

鉱物は圧力や熱によって変化することが分かっていますが、突然変異は聞いたことがありません。しかし、生物は環境の変化で思わぬ突然変異が発生します。巨大生物が突然絶滅した原因についてはいろいろと研究されていますが、なぜ巨大生物が生まれたのかという点については誰も疑問に思わないのが不思議です。金魚やカエルを使って環境を変えた育生器の中で育ててみました。すると、酸素濃度を高めた環境下で巨大化したのです。もしかすると、大昔の地球は酸素濃度が高かったのではないかと思いました。我が家で生まれた子犬4匹の中で1番チビだった子犬を高濃度酸素のケージで育てると、予想以上の速さで成長し、ほかの子犬たちの3倍の大きさに育ちました。1年が過ぎ、ケージから出してほかの犬たちと一緒にした翌日、大きな犬は食べ物を全部食べてしまい、皆の嫌われ者になっていました。親犬が間に入ってなんとか仲直りできましたが、あのままだと多分狂暴化していたかもしれません。自分より強い者がいないとわかると、独裁の意識が生まれてくるのだと思います。大昔の巨大生物も皆から嫌われ、悲しみのあまり絶滅したのですよ、きっと。

百花繚乱

江戸の文化が花盛りの頃、浮世草子に滑稽本、洒落本や人情本と数多く。戯作者気取りの若者も粋な啖呵で見栄を張る。そんな華やいだ文化の花を見てみたい、もう1度。活字文化をすたらせては、人生つまらないよ。漫画は誰でもが描けるわけではないだろう。けれど、文字は短い言葉でも、人に感動の涙を誘ったり、笑いも起こせる魔法のツールなのだ。沢山の本を読んで人生を言葉の百花で飾ろう。

土の香り

故郷を離れて56年、ただ都会に憧れて上京し、入社試験を十数社も受けて、やっと採用が決まった今の会社で定年まで勤めました。自社製品の改良点や新製品のアイデアなどを50件ほど提案しましたが、会社からの返答はいつも同じで、今回の提案はすでに社内で検討中ですという内容でした。いつしか提案する気が失せてしまい、20年ほどが経過しました。その間、自社の新製品は1つも生まれることなく業績は悪化し、給与カットが始まる事態にまで陥りました。私はずっと温めていた画期的製品の図面を描いて、その説明文を添えて会社へ提出しました。特許も取得されたのですが、提案者の欄には私の名前は書かれていませんでした。それでも会社の業績は大きく回復し、倒産を免れました。その時、ホッとしたことを覚えています。そして定年を迎えて故郷に戻った時、幼い頃に泥まみれになって遊んだあの頃の土の香りが、懐かしい記憶をよみがえらせたのです。それも都会で使わなかった田舎なまりの言葉で、あふれています。

好きこそ物の上手なれ

世の中を生きていくには何か仕事をして生活費を稼がなければなりません。仕事には、つらい仕事や割と楽な仕事などいろいろありますが、私はどれも長続きしませんん。商売をアキナイとも言いますが、飽きずに続けられれば、いつか身についてくるでしょう。仕事の中にやりがいを見つけ、一心不乱に集中できるようになれば、いつかは名人上手と言われる域にまで到達できる。そう思えば楽しいですね。そんな人生の坂道を登りたいものです。

母さん

我が家には17歳になる柴犬の春がいました。最初は外で飼っていたのですが、母がかわいそうだと言って室内で飼うことにしました。春はいつも母にべったりでした。母もまるでわが子のように可愛がりました。特に母が絵本を読み聞かせているときは隣に座り、春も一緒になって絵本を読んでいるようでした。そして母が94歳の誕生日をむかえて間もなく体調を崩して眠るように旅立つと、春も後を追うように亡くなったのです。春の最期の鳴き声は、まるでお母さんと叫んでいるようでした。

能力主義

ＡＩの技術が革新的に進歩して、今やあらゆる分野でロボットが活躍しています。しかも一目では人間と区別がつかないくらい精巧に作られています。能力主義の社会では結果は明らか。公務員も大企業も管理職はすべてロボットになってしまいました。その代わり人間には定年がなくなりました。一時は皆喜んだのですが、本当に終身雇用なので死ぬまで働かなければならなくなりました。ロボットのように。

水が流れるように

ひと頃、いたるところに造られた歩道橋も解体撤去されるものが増えました。維持・管理費用がかさむ、高齢化社会になって利用されなくなってきた、などが理由に挙げられています。でも、人間は本来、楽なことを好む生き物なのです。ルールや仕組みを作る時、誰もが便利に思えるか、面倒ではないかを考えれば、おのずから答えは導かれると思いませんか。水が自然に流れるような仕組みになっているか、ですね。組織の仕組みも同じです。淀みは腐敗を起こします。

みんなの笑顔

我が家には3匹の犬がいました。ブルドッグのブル、チワワのチワ、マルチーズのチーズです。最初は、愛くるしい顔のブルだけを飼おうと思っていたのですが、ブルの両隣のケージに入っていたチワとチーズが悲しい顔をして、私とブルの顔をじっと見つめるのです。それで3匹とも飼うことに決めました。犬を飼いたいと言い出したのは、米寿を迎えた母でした。母はずっと借家住まいのために動物が飼えなくて、将来一軒家に住むことができたなら絶対に犬を飼おうと思っていたそうです。3匹が我が家にやって来た時の母の笑顔が忘れられません。3匹も母に懐いて楽しそうにじゃれ合っていました。ブルだけがメスで、チワとチーズはオスでした。朝起きる時の合図は「ご飯だよ」の一声です。すぐに飛び起きて駆け寄ってきます。すっかり家族の一員となった彼らの笑顔が我が家の毎日を明るくしてくれました。でも、悲しみは急にやってきたのです。3匹が我が家にやってきた日から16年目の朝でした。仲良し3匹は冷たくなった母に寄り添うように体を寄せ合って一緒に天国に旅立ったのです。今でも母と3匹の笑顔の写真を見ると、はしゃぎ声が聞こえてきます。

透明人間

都会に憧れて田舎を出て30年、結婚もできず、2DK生活が続いています。近所づき合いもなく必需品はもっぱら通販で購入しています。個人情報保護法が施行されてから、人への関心が薄れてきたように感じませんか。30年経っても隣の人が何をやっているのかさえ分かりません。満員電車に乗っても知り合いに会うこともないのです。個人情報保護法は、正体の知れない透明人間を増やし続けているようです。

ＳＮＳ

人づき合いが少なくなった現代で、人々は会話に飢えているようですね。ＳＮＳ上の書き込みは増える一方です。しかし、ストレスの捌け口のように他人の噂や批判が多いように感じます。もっと人のいいところを誉めて、気持ちの通い合うソーシャルネットワークを願っています。

好き嫌い

私は小さい頃から食べ物の好き嫌いが激しくて、特にピーマンとニンジンが嫌いでした。でも、今は何でも食べられるようになりました。何が原因で好き嫌いがなくなったかを考えてみると、好きな彼女と出会ったからだと思います。何でも残さず食べる彼女の前で嫌いだからと残すわけにはいかないという、男の見栄がそうさせたのですね。おかげで君が1番好きになりました。

憧れの楽器演奏

我が家の家系には音楽家は一人もおりません。還暦を過ぎて、ふと心残りに思うことがあるのに気付きました。音楽は好きなのに、楽器が何1つ弾けないのです。ピアノやギターを弾きながら歌を歌っている人を見ると、羨ましくなります。そこで思いついたのが、マイクロコンピューターを組み込んだ楽器です。楽譜をスキャナーで読み込み、マイクロコンピューターに落とし込めば、ピアノでもギターでも、たとえでたらめに弾いても、ちゃんとメロディーが流れる、そんな楽器を作ろうと思いました。10年後、それが完成し、今では名演奏者になれました。それぞれの楽器には自分の好きな音楽が50曲ほど入っています。楽器が弾けるって楽しい。

衣替え

若い頃から悪さばかりを繰り返し、臭い飯を食ったことがありました。しかし寄る年波には勝てず、どうも最近涙もろくなってきたようだ。血も涙もない男だと恐れられていましたが、血も涙ももともとは同じ体から出る体液なのだからどちらも変わりがないだろうと、思いつきました。その途端、背後で銃声が鳴り、組織も衣替えの時期になった、という親分の声が聞こえました。そして、その声と重なるように、もうじき親分の衣替えも必要だな、という小さなダミ声が鼓膜を震わせました。

チョコッと一言

宵の口、酒飲みはどこが出口かわからない。
おかしいと千手観音手をたたく。
釈迦・キリストも、死ねばみんな仏様。

違和感

時々、書いていてしっくりこない漢字や言葉があります。いくつか例を挙げてみましょう。しんせつ――親切（これは怖い）……心接ではどうでしょう。とうもろこし――漢字で書くと唐唐となりますよ。とうきび（唐黍）ですよね。東洋医学を漢方医学と思っている人が多いようですが、中国大陸から見て、海洋（海）の東と言えば日本のことですよね、どうなんでしょう。

方言がよみがえる

子供の頃、5歳までは母の田舎の実家に住んでいました。それから父の仕事で都会に引っ越し、すっかり標準語に変わりました。中学1年生になった記念に母が祖父母に会わせようと田舎に帰りました。幼馴染に会いたくて1番で会いに行き昔のように釣竿を持って川に向かってあぜ道を歩いていると、蛇が目の前にニョロっと出てきました。びっくりして大声で蛇だと叫びました。すると友達は違う、あれは口縄、と言うのです。しばらく蛇だ口縄だと言い合っていましたが、思い出したのです。昔自分も蛇のことを口縄と言っていたことを。確かカエルのことはビキタンだった。そしてあっという間に思い出が蘇りました。

母は強し

両親は共に九州生まれの九州育ちなので、例に洩れず男尊女卑の家庭でした。父の趣味は、カメラ収集と麻雀でした。最新式のカメラが出ると、すぐに買ってくるのです。でも、買ったことで安心して、しまっておくだけです。その意味では、やはり麻雀が1番の趣味だったと言えるでしょう。私は小学4年の頃から母と一緒に麻雀卓の前に座らされ、馬鹿がまだわからんのかと父から怒られるのです。それでも半年くらいで麻雀の役や点数の数え方を覚えました。それからは毎週土日は近所のおじさんを入れて麻雀をしていました。母がおじさんに振り込むと、すぐ父は馬鹿がと怒るのです。そんな父が亡くなってしばらく経ってから、突然母が麻雀やろうか、と言い出したのです。母は麻雀が好きじゃないと思っていた私たちは驚きながらも、「いいよ、やろう」と言って夕食の後に始めることにしました。始めてみると、母はものすごく強いのです。ニコニコしながらアンカンそしてリーチ一発ツモ、裏ドラがアンカンの牌がダブルでついて3倍満、とかタンヤオドラ3の満貫という具合に毎日勝ちまくるのです。父が亡くなって誰にも遠慮しなくてよくなり、まるで解放されたドラゴンのようです。そう言えば、母は父には内緒で昔の自分の通信簿を見せてくれたことがありました。それには全科目が最高評価の甲の判が押してありました。昔は甲乙丙丁で評価されていたのです。母は村1番の美人で秀才だと言われていたので、いつも学校行事の時は演壇に立たされて在校生総代として挨拶させられていたそうです。それが嫌で、何度かずる休みをしたことがあると言っていました。その母も94歳で天国に旅立ちました。母の最期の言葉は、ありがとうね、でした。

人それぞれの人生

他人の人生を笑うな。人生の価値は地位や資産で決まるわけではない。自分の人生の終焉を笑顔で迎えられるかどうかだ。苦しみも楽しみも人生の１コマ。他人を恨まず、妬まず、人生唯我独尊。

君が1番

僕は小さい頃から似顔絵が得意で、クラスで1番好きな女の子の顔は特に丁寧に描いて小さな額に入れて飾るのが楽しみでした。その習慣は大人になっても続いていました。でも、最近になって僕の好きな基準が変わったのです。顔は化粧で変わりますが、性格は変わらないと気が付いたのです。僕の妻は世間でいう美人ではありませんが、心の優しい思いやりのある女性なのです。そのことを伝えると彼女の返答は、私は30年前のあなたが1番好きだったって言うんです。それでは今は?

それ以上は聞けませんでした。すると昔、私が描いた二人の似顔絵を出してきて、ほら私たち若かったよね、とニコッと笑うと、好きよと言ってくれました。

我が家の味

私の妻は料理が上手で、毎日おいしい食事を作ってくれます。でも、なぜか私の実家に帰って食べる母の手料理は懐かしく心からおいしいと思うのです。ある日、子供たちにお婆ちゃんのご飯おいしかったねと聞くと、うんおいしかったけどお母さんの方がおいしいと口をそろえて答えました。そうか、子供たちにとって我が家の味は妻の味なのか……。母は強し。

個性は味わい

好かれる個性、嫌われる個性。人それぞれ個性があります。でも、それだけで人を評価していいのでしょうか。お米や果物も、採れる産地で味が違います。それを個性と考えると味わい深いと感じます。パサパサしたお米でも、カレーにするとおいしいよ。

もっと会話を

以心伝心。ツーと言えばカーの夫婦仲だというけれど、それこそ迷信ですよ。口に出さないと分からないのが人の気持ち。俺たちは大丈夫だって？　そんなこと言っているけれど、離婚届を懐に隠し持っているかもしれませんよ。ねえ、ちょっとあんたー。ねえ、あんたー。ほらほら、早く返事くらいしないと大変なことに。

月に願いを

月には子供の頃から特別な思いがあります。満月の夜には、お母さんが必ずお団子を作ってくれて、家族そろって食べました。その時のエピソードで1番忘れられないのがお婆ちゃんが、あのお月さんでも満月になるとウサギさんが餅つきをしてお団子を作っているんだよ、と言ったことです。その話を小学校1年になって友達に言うと、皆に笑われました。でも、今僕は宇宙飛行士になって月に行くことになりました。そこで決めました。ウサギさんが餅をついている人形を作って、月に飾るのです。内緒ですけど。それで僕の話は本当になりますよね。

満点の空に

夏の夜空に咲く大輪の花に人々が歓声を上げる様子を見て、一人の花火師が泣いている。

きっと自信作だったんだね。色も形も満点でしたよ。

食事は空腹で

今日はカレーを食べたい。でも、毎日は無理。明日は何を食べようかとも思わない。腹が空かないと食欲は湧いてこないのだなと気が付いた。とりあえず今日のカレーはジャガイモごろごろのカレーに決めた。もう頭の中はカレーでいっぱい。

英雄って何

世界の歴史を見てみると、どんな国にも英雄が居ました。群衆は一人の人間の燃え上がる熱い思いと行動に共感し、反発のうねりを起こし、改革が生み出されてきました。でもその熱が冷めると、水が引くように消え去り、英雄が非業の死を遂げてもその記憶は確実に薄れていくのです。私は英雄と皆に支持されていたと思っていたのに、本当は孤独だったのかと言う声が聞こえます。

山本紀明短編集『閻魔大王の降格』

2023年５月15日　初版第１刷発行

著　者　山本 紀明
発行者　瓜谷 綱延
発行所　株式会社文芸社
〒160-0022　東京都新宿区新宿１－10－１
電話　03-5369-3060（代表）
03-5369-2299（販売）

印刷所　図書印刷株式会社

©YAMAMOTO Noriaki 2023 Printed in Japan
乱丁本・落丁本はお手数ですが小社販売部宛にお送りください。

送料小社負担にてお取り替えいたします。

本書の一部、あるいは全部を無断で複写・複製・転載・放映、データ配信することは、法律で認められた場合を除き、著作権の侵害となります。

ISBN978-4-286-30089-4